句集

鷹柱

河野 真

角川書店

句集　鷹柱　目次

装丁　國枝達也

句集
鷹柱

序

天心の鷹

井上康明

句集『鷹柱』は、河野真さんの第一句集、作者の二十三歳から六十五歳までの四十数年に詠まれ、厳選された三百五十二句が収められている。河野真さんの俳句といって思い出すのは、次の一句である。

法要のあとの母ゐる紫蘇畑

夏に亡くなった親族の法要であろう。三回忌か七回忌か、寺院での法要、墓参、お斎の席が終わって親戚はそれぞれ帰途につき、作者も家に帰って来た。母はどうしているかと心にかけて様子をうかがうと、紫蘇の葉を摘みに裏の紫蘇畑にいた。ただそれだけのことであるが、子が母をさりげなく気にかけるしみじみとした味わいがある。しずけさの裡に紫蘇の紫の色彩と母の体温を感じさせる抒情の世界を描く。法要の故人は、母の兄弟姉妹かあるいは父母かもしれない。

この句は平成十一年、「白露」の頃の作、第二章の後半に置かれている。作句開始から十八年、壮年期の充実の一作、描かれることばの向うに様々な情景を感じさせる。この句について廣瀬直人主宰は、「母をいたわるやさしさがそのままやわらかいリズムとなった」と語る。

平明にしてあたたかくやわらかな抒情の世界は、この一集に一貫している。

第一章は、作者の二十代の頃の作、その出発から整った作品を詠んでいることに驚かされる。季語から飛躍する大景の色彩鮮明な自然詠、健やかな子と若々しい父母の風景、文芸を題材に洗練された俳諧味あふれる作品が印象深い。

浜木綿や青島かくす汐けむり

頬寄せて子の春眠を覚ましけり

河童忌や折鶴は首かしげたる

第二章、三章は、三十代から五十代への作品、ここで作者は、あるときは力強く、またある時は、情景と内心の感情との均衡をどのように図っていくか、その自在な表現を目指していく。次の八句はその壮年期の作品、ことばと情景に力感が籠もり、その均衡に呼吸が沿う。殊に後半、情景の向うに土地に言い伝えられた物語世界を垣間見るような想像力の幅広さを思わせる。眼前の事象から受ける内面を把握し、それをより深く大きな世界へ広げていこうとつとめた軌跡ではなかったかと思う。

石仏の眦ぬらす春の雪
黒南風の波累々と盛り上がる
抽ん出て初荷の海老の髭きほふ
灯を振つて鮪船団帰り来る
山ざくら神にも産湯ありにけり
行く夏や阿蘇に大きな桜の木
白南風や勝利の艇は櫂を立て

竹の春かの世の人とすれ違ふ

このなかに句集名となった鷹柱を詠んだ作品がある。

鷹渡る海紺青の波たたむ

魁の二羽天心に鷹柱

小春の日、真さんと東京深川の芭蕉記念館を訪ねたことがあった。記念館の二階には、芭蕉の生涯と代表作が地図とともに展示されている。そのなかに芭蕉が、名古屋の米穀商であり門弟だった杜國が罪を負って流された伊良湖崎を訪ねた折の句「鷹ひとつ見つけて嬉しいらご崎」があった。真さんは、伊良湖崎の鷹がやがて九州の宮崎、都城へ渡っていくこと、その一羽一羽が霧島連山を遠望する金御岳《かねみだけ》（都城市）で上昇気流に乗って鷹柱となりさらに南洋へ向かっていく様子を語った。その熱誠を思い出す。詠まれた鷹の情景には、自然への敬仰と遥かなものへの溢れるほどの浪漫の情熱が秘められている。

そして四章、近年真さんの作品は、例えば「口蹄疫から三年」という前書きを付して

泰山木咲いて牛舎に牛のこゑ

といった社会への目を感じさせる作品があり、その世界をより自在に広げている印象がある。それでいて人々の日常に寄り添い、表現には節度と抑制が効いていいる。豊かな四季の恵みから物語の情景を明るく描く。例えば師である廣瀬直人の代表作「空が一枚桃の花桃の花」を踏まえた追悼句は、原句の桃の花満開の幸福感を思わせ明るい。

花桃の満開廣瀬直人の忌
花あふち降るや婚儀へ舟下り
引き波の穂先こぼるる桜貝
桃咲くや軍鶏は鋭き目を緩めざる

同時に九州各地の神話、自然を、また地域を越えた地名を題材に、文芸の味わいを豊かに醸す光景を幅広く描く。高千穂地方に湧き続ける神の泉「天真名井」に浮くあめんぼは俳味に溢れる。鍋鶴と日野草城の文芸の世界を結び、自然のダイナミズムと文芸の豊饒を重層的に表現した分厚い抒情の成果を示す。折々描かれた情景には九州の歴史と風光がまぶしい。

常世湧く天真名井にあめんぼう

鍋鶴を見て吹かれゐる草城忌

月仄とありてしぐるる八重洲口

野仏の膝に朱欒を置いてゆく

河野真さんの俳句は分り易いことばで表現され、どれも明るくあたたかい情感に包まれ快い。自然と暮らしの実感との接点を求め、描かれる世界は平明に徹して幅広く自在である。そこには、常に自らを律する精神と豊かな文学への志がある。

今後どのような作品を詠まれるか、その進展に期待したい。

二〇二四年一月

Ⅰ

昭和五十六年〜平成元年

三十四句

春

まだぬくき家鴨の卵啄木忌

燕飛ぶ火口湖描く子の絵にも

白波の日向灘見ゆ藤の上
きさらぎを豌豆咲ける小漁港

雲雀野にひらく古墳の口くらし

春霖に赤松けぶる山上湖

蜜蜂の巣箱解く日の灘かすむ

陽炎や畷に羽撃つ薩摩鶏

頬寄せて子の春眠を覚ましけり

海峡へ差出でし枝蝶生まる

夏

夕靄の尾鰭おもたき鯉幟

いさかひしあと母の日の花を買ふ

螢火を容れて瞬く白鳥座

夜も白く噴煙うねり梅雨の雷

河童忌や折鶴は首かしげたる

そよぎては椰子の放てる油蟬

浜木綿や青島かくす汐けむり

河童忌や弊衣破帽の世は知らず

川浴みの子らが手を振る鈍行車

白南風や始祖鳥のごと孔雀飛び

秋

朝露を秘めし巻き葉やくはず芋

秋螢指をこぼれて光増す

残照の芒がくれに露天風呂

鳳仙花弾けるほとり投網干す

霧島へ風吹きあぐる蕎麦の花

青北風の朝はをどりて鹿威し

黒潮の大きうねりや破芭蕉

漁火の上に星飛ぶ都井岬

冬・新年

雪降らむ鳩も塒へ急ぎをり

たそがれの古墳を閉ざす冬芒

熱気球よぎる岬や冬ざるる

繊月の揺れて浮寝の鴨うごく

火口湖にカヌー漂ふ冬の靄

父と子の言葉ほぐるる根深汁

Ⅱ

平成二年～平成十三年五月

八十八句

春

石仏の眦ぬらす春の雪

せせらぎのひかりにひらく肥後椿

壺となる命をもらふ春の泥

夕映に透かして揚ぐる白魚網

海のあを空に勝る日鳥雲に
辛夷咲く山の国また水の国

黒牛の口をこぼるる紫雲英かな

岳おろす風総身に紫木蓮

黒潮の風にほぐるる山桜

朧夜の干潟跳ね行く鮭五郎

寄居虫の歩み危き波状岩

子をふたり遊ばせてゐる春日傘

清明の大樹に吊るす襷かな

夕風の諏訪の駅路《うまやじ》くわりん咲く

たんぽぽの絮毛とどめてうなゐ髪

キリシタン信仰の地・秋月

大根の花の流るる踏絵橋

極細の竿しならせて桜鯛
ひとつ書を囲む子の額あたたかし

どの家も鶏飼つて竹の秋

絵葉書に一行の文ぼたん雪

夏

乳色の雨にとけつつ代田搔

母となる山羊静かなり花あふち

はるかなる鉄橋の音花みかん

父が立つ茅花流しの中洲かな

黒南風の山裏返るかもしれず

踏切を越えれば海ぞ百日紅

梅の実の熟れてややこの肌ざはり

黒南風の浪累々と盛り上がる

嬰児《みどりご》の胸を歩める螢かな

橋上に人の輪作る氷菓売

水底を歩みゐし蟹流さるる
驟雨過ぐてんたう虫は青空へ

熊蟬のしぐれ人語のしぐれかな

河口より沛然と雨夏薊

水尾曳きて白鷺歩む夕焼かな

父の肩越しに見し闇青葉木菟

色黒のこんにやく玉や夕涼し

疲れゐし背鰭たためる囮鮎

目を立てて梅雨夕焼の潮招き

濡れ髪の海女蟬声の中に立つ

通夜の灯を打ちては巡る金亀子《こがねむし》

兄弟の喉鳴らし合ふソーダ水

子を産みに沢蟹夜を犇けり

在所山また山なれば夏霞

法要のあとの母ゐる紫蘇畑

川舟は檜の匂ひ時鳥

標本の翅みな固し夜の秋

心太島より小船帰り来る

秋

おもひでに花のいろいろ終戦日

裏窓の下に舟着く夢二の忌

法師蟬在所さみしくなるばかり

酔客のひらひら入る盆踊

流れにも乗りて良夜の船路かな

鈍色の湖へ雨呼ぶ山薊

膝抱きて河童の恋ひし望の月

月世界地図に蜘蛛這ふ望の夜

秋の水小蝦も澄みて泳ぎけり

裾灯る二百十日の桜島

霧島の霧のしづくの山薊

ひとところ波だつ月の日向灘

閧なさぬ樹上の軍鶏《しやも》や露時雨

径岐れひとつは月の霧島へ

青空へ蜻蛉つるみしままのぼる

虫鳴きて銀河もつとも近き村

残照の海やカンナは血の色に

新しき杉の伐り口小鳥来る

猟犬の耳覚めてゐる天の川

鰯雲末は夕日に触れてをり

桟橋の軋みに任す鯊日和

秋澄みて風八方の海の国

かまつかや海へ百歩の無人駅

山蜘蛛の尻の太りて冬隣

さかさまにカヌー置かるる冬日差

丁寧に名前呼ばれて冬ぬくし

数へ唄七で躓く冬至風呂

犇きて白息競ふ子豚かな

冬山の襞をしぼりて滝落す
懐に焚火の香ある夕べかな

水ゆるく流れ夜明けのかいつぶり

灯を振つて鮪船団帰り来る

せせらぎや桶一杯の赤かぶら
浮かびきて鳰会心のこゑ一つ

朝市の雨に灯して海鼠売

抽ん出て初荷の海老の髭きほふ

畝に立つ農夫ひとりの初景色

一月や鋼光りの川曲り

笑窪ある手に包み来る寒卵

軍鶏の眼の没日に燃ゆる寒の入

Ⅲ

平成十三年六月〜平成二十四年

百十六句

春

畦道は卍に結び犬ふぐり

船べりを垂るる若布や寒明くる

招霊《をがたま》の花びら降りて春立てり

渚より伸びる参道一の午

ものの芽にこぬか雨降る龍太の忌

算盤《そろばん》で値引きかけ合ふ植木市

世へ開くポストの口や花辛夷

削られて杉かぐはしき日永かな

初燕肥後に白川緑川

こぼれてはこぼれては群れ春雀

定時制高校灯る桜かな

どこまでも賽の河原のぼたん雪

山桜少年少女眉太し

牛飼ひに牛の数殖え桃の花

青き踏む軍鶏一歩づつ胸を反り

空を見てぽつかり浮かぶ栄螺海女

たゆたうて磯知り尽くす若布舟

山ざくら神にも産湯ありにけり

出漁の船揉まれゆく桜東風

孔子像落花急がずいそがずに

縄跳びの影を土塀に春夕焼

たんぽぽや水辺の径艇庫まで

永き日のアコウ落葉を尽くしけり

一斉に千の手招き潮招き

かたまつて針魚《さより》は銀を翻す

泥たてて鮒の乗つ込む千枚田

恐竜の化石掘り出す地のおぼろ

花の夜二郎の豚が産気づく

夏

明易し路地のむかうの船溜り

棟上げの子細を映す代田かな

釣竿をたてかけてゐる花樗

傾きし木も若葉して山上湖

桐咲くや蔵のうしろに犬眠り

つぎつぎに餌に寄る鶏花あふち

暁闇に浮かび泰山木咲けり

青空にごつんと伸びて棕櫚の花

蜻蛉生る水の匂ひを母として

巫女たちのかたまつてゐる植田かな

しろがねの海じんじんと油蟬

初茄子のせて回覧板届く

墓前とは涼しく風の吹くところ
白南風の海へ一気に舟おろす

炎天の水を賜る河馬の口

風走る青田の中の古墳かな

たたなはる杉山青し油蟬

水打ちし辻に花売野菜売

川口に刺網立てる晩夏光

茄子咲いて海辺の二人住まひかな

天牛の触角ゆれて飛翔せり
きらきらと子らの声去る蟻地獄

山城の遠望に海夏薊

行く夏や阿蘇に大きな桜の木

風得むと蜘蛛の子草をひたのぼる

風入るる厨格子に花ふくべ

吹かれつつ薄翅かげろふ水の上

虹の野へディーゼルカーは窓を開け

一塩を押さへて鯵の天日干し
白南風や勝利の艇は櫂を立て

秋

地に降りて七夕の風吹きわたる

海までの真つ白な径花たばこ

踊り出す浴衣の袖が灯を透けり

風にのせ秋の螢を野に返す

葛咲いて仏へかよふ切通し

かなかなや湖の漣吹きかはり

睡蓮を見てゐる少女長崎忌

秋暑しじやこは一気に茹でらるる

法師蟬禅寺梁に朱を残し
描き起こす絵図面に蔵水の秋

岬馬に十六夜の風募りけり

玄能を下げて見てゐる渡り鳥

機の音急かずゆるまず良夜かな

竹の春かの世の人とすれ違ふ

少年に残る乳の香天の川

鬼塚梵丹氏を偲ぶ

秋かすみ遠景すべて青く晴れ

極太のペンで書く文ちちろ虫

釣瓶落し沖へ操舵の立ち姿

木の実落つ水打つ音をくり返し

柿の秋仕上げの釘をかんと打ち

鷹渡る海紺青の波たたむ

鬨あげて胸吹かれたる秋の鶏

秋晴やにはとり白くまどろめる

蓑虫の糸にたましひあるごとし

かさなつて猫の子眠る十三夜

校庭に積みし煉瓦や渡り鳥

水しぶく簗にのたうつ落鰻

水澄みて青鷺の影石の影

石橋に轍の凹み草の花

魁の二羽天心に鷹柱

軒に吊る屈強の赤唐辛子

秋黴雨《あきついり》埴輪は足を地に埋め

冬夕焼己もつとも遠くあり

灯にかざし売る紅かぶら白かぶら

田原坂・西南の役戦没者慰霊碑

逆賊に立志のこころ石蕗の花

消えさうに小春日和の小虫飛ぶ

喪ごころは一輪挿しのお茶の花

洗ひ場の唄に加はる今朝の冬

船ぽぽと岬を過ぎる小春かな

大釜で黒砂糖煮る十二月

高千穂の神楽支度のにぎりめし
漣の伝はつてゆく鴨の陣

大榾の年輪赫つと火を放つ

お狩場に沼ひとつ山眠りけり

あいさつに応へて抛る赤海鼠

北京三句

街なかの焚火みるみる人集ふ

枯れ募る大地を帰る羊飼

蓮枯れて町は砂塵の彼方なり

読むやうに海を見てゐる大旦

浮くごとく鶏眠る初明り

初鶏や闇うすれゆく日向灘

元日や人に応へて馬のこゑ

紙漉きの仕事始の水汲めり

つやつやの仔牛初荷となりにけり

声かけて七日の舟の往き来かな

膝ついて同じかたちに薺摘む

ひつそりと闇が控へし寒椿

豊漁のシラス寒九の日に晒す

Ⅳ

平成二十五年〜令和五年

百十四句

春

この馬と爺の十年蕗のたう

都井岬

岬焼き円盤の灘あはあはと

梅真白路地を浜風ひとしきり

立春や農家の土間に懸け仏

白木蓮や遊び足りぬ子辻に群れ

水底の砂噴き上げて水温む

水色の空より揺れて初蝶来

壜に挿す喇叭水仙海の駅

土筆摘む少女に土筆限りなし

花桃の満開廣瀬直人の忌

蜥蜴穴を出でて墓前に立ち止まる

朝採りの蕨を浸す金盥《たらひ》

一握の米を手向けに雛流す

桃咲くや軍鶏は鋭き目を緩めざる

引き波の穂先こぼるる桜貝

世を忘れ世に忘れられ春の牛

鱏《えひ》のごとく潜つてしまへ春炬燵

川上に山がとろりと桃の花

種蒔いて腹から笑ふ猿田彦

山笑ふその懐に火の祭

桜鯛胸鰭たてて神の前

春落暉駱駝ぐらりと立ち上がる

ともどもに老いて手慣れし梨授粉

尼様の端坐の膝に仔猫来る

夏

橙の花や夜明けの海のあを

口蹄疫から三年

泰山木咲いて牛舎に牛のこゑ

乳を飲む耳薔薇色にみどりの夜

銭湯の壁の青空こどもの日

花あふち降るや婚儀へ舟下り

農の手に募金預くるみどりの夜

この町のここの醤油ぞ初鰹

罌《け》粟《し》咲いてはるかにくゆる火山島

空へ湧く由布岳みどり滴れり
百日紅咲くころ思ふ人のこと

卓上に舊約聖書梅雨の雷

山あれば山を見るなり立葵

美しきままに蝶死す大暑かな

裸子に出船汽笛で応へけり

降りつづく江に葭切のこゑひびく
ワイシャツと江戸風鈴の吹かれけり

梅干してその夜の母は寝ずをりし

青き火が刹那に赤し毛虫焼く

海亀の帰りし痕や雲の峰

茅舎忌の朝の礎石に青蜥蜴

梅を干す嫗に童女来ては去る

日雷拝みて神の名を知らず

嬰児《みどりご》を樹下に眠らせ梅を干す

蘇鉄咲く影にまどろむ放ち鶏

鯖の旬浦の半農半漁かな

島古謡聞くも唄ふも日焼けして

カッターを漕ぐ声和せり雲の峰

浜木綿の蕾をほどく月あかり

髪切虫ダム放流の虹を飛ぶ

手土産に鰹一本男来る

端居して耳ゆたかなる船大工

常世湧く天真名井にあめんぼう

合歓の花風が嬰児《ややこ》の寝息ほど

風薫るマサイキリンの名はハルマ

黙々と葉たばこを摘む炎天下

晴々と抱かれて祭化粧の嬰《こ》

つづれさせ紙で切つたる指痛き

早稲稔る色の遅速の中に棲む

白サイの目元翳りて秋暑し

こときれしつくつく法師地に落ちず

上げ潮の運河さざめく盆の月

尼寺の建具を洗ふ盆支度

白露かな犬鳴き交はす牧の果て

甘藷掘りに迫る夕べの山の影

平家落人の村・椎葉

椎葉谿夜は木犀の香を沈め

野分中一粒赤き星光る

赤牛の鼻触れてゆく秋薊

畦に立つ父と子二百十日かな

バス待ちて海を見てゐる蛇笏の忌

磨かれしグローブ匂ふ良夜かな

貨車止めの石白く積む野紺菊

山頭火忌の真清水を汲みにけり

野仏や塩辛蜻蛉頭上より

石叩跳ねては石をこぼれけり

樹木医の耳当ててゐる公孫樹散る

思案して眺むる沖やねこじやらし

いわし雲看取の窓の暮れてゆく
聚落に水湧くところ鳥渡る

磯径を声のぼり来る石蕗の花

逆毛立つ猟犬を野へ放ちけり

生まれ来し子の名囲炉裏の灰に書く

高千穂の峰の切先冬に入る

吊干菜裏口煌と灯りけり

北限の蘇鉄輝き冬に入る

獺始二上山に手を合はせ

くろぐろとしぐれ湿りの雑木山

月仄とありてしぐるる八重洲口

冬紅葉より明星の滴れり

冬めきて英和辞典に薄埃

田の神の榊を替へて今朝の冬

アトリエに彫像ダビデ初しぐれ

肩借りて一歩踏み出す蓮根掘

引き潮の河口に降りて年惜しむ

聖夜かな三島由紀夫の裸体ふと

残心のあとの黙礼弓納め

数へ日や水仙の芽が五つ六つ

どの墓も沖見る町のお元日

初荷船鳶五六羽を従へて

満月をあげて二日の日向灘

読初の時刻表いま北国へ

東京の子に独楽打たす網干場

黄昏は人を無口にどんどの火

鍋鶴を見て吹かれゐる草城忌

告別の空一月の山の風

寒雀一羽寡黙を通し去る

日脚伸ぶ牛舎二階は子供部屋

地方紙に包まれ届く寒造

和菓子屋の小豆求めて冬の旅

沈下橋葱提げて朋来たりけり

野仏の膝に朱欒を置いてゆく

句集　鷹柱　畢

あとがき

学生時代が終わろうとする頃に始めた俳句。かれこれ四十年余りが経ちます。句集とは無縁の身と考えていましたが、ここらで一冊纏め、さらなる精進への道標としようと発刊を決心しました。

思えば、ここまで道に迷わずに来ることが出来ましたのは、昨年九月に百三歳で天寿を全うされた元「馬酔木」同人の山﨑冨美子先生、「白露」を主宰された廣瀬直人先生、そして、「郭公」の井上康明主宰のお導きのお陰であります。この師系に身を置いてきたことで常に飯田蛇笏、龍太、水原秋櫻子、相馬遷子ら偉大な先達の詩情に触れ、本格俳句の精神を受け継ぐ環境で存分に学ぶことができています。実に幸せなことです。

本句集は、集名を『鷹柱』としました。鷹柱は、十月上旬頃、都城盆地の東南部にある金御岳《かねみだけ》という山の上空で見られます。南方へ渡っていく差羽が東シナ海の大海原へ旅立つ際、大空に織りなすドラマです。千里にも及ぶ旅をする生き物の真っ直ぐなエネルギーに感銘し、句集の名としました。掲載作品は三五二句、習練の段階に合わせて約十年毎の四部構成で編集しています。自作が、いかほど師恩に応えているかは分かりませんが、不確かな歩みの中にあって、私なりの「不易流行」が出ていれば幸いです。

最後に、私に俳句の道をひらいてくださった山﨑先生、廣瀬先生に重ねてお礼申し上げますとともに、日ごろからの御指導とともに本句集発行に当って懇切な序文と御助言をいただきました井上主宰、日常御厚誼をいただいておりま す宮崎句会の本村蠻様はじめ俳友の皆様に深く感謝申し上げます。

また、刊行に当って編集に御尽力いただきました角川文化振興財団の方々に心より御礼申し上げます。

二〇二四年一月

河野　真

著者略歴

河野《かわの》　真《しん》（本名　誠《まこと》）

昭和33年３月５日　宮崎県串間市生まれ

平成２年１月　「雲母」入会　　※平成４年８月終刊

平成５年３月　「白露」入会

平成５年５月　「燁」創刊同人　※平成30年２月終刊

平成10年５月　第１回白露エッセイ賞

平成13年６月　「白露」同人　　※平成24年６月終刊

平成20年８月　第５回白露評論賞

平成25年１月　「郭公」創刊同人

令和４年12月　郭公十周年記念評論賞

公益社団法人俳人協会会員

宮崎県俳句協会副会長

九州大学法学部卒

著書（評論集）

『今、伝えたい　本格俳句の魅力』（宮日文化情報センター）

現住所

〒880-0046　宮崎市平和が丘北町14-9

句集　鷹柱　たかばしら

初版発行　2024年3月22日

著　者　河野 真
発行者　石川一郎
発　行　公益財団法人 角川文化振興財団
〒359-0023 埼玉県所沢市東所沢和田3-31-3
ところざわサクラタウン 角川武蔵野ミュージアム
電話 050-1742-0634
https://www.kadokawa-zaidan.or.jp/
発　売　株式会社 KADOKAWA
〒102-8177 東京都千代田区富士見2-13-3
電話 0570-002-301（ナビダイヤル）
https://www.kadokawa.co.jp/
印刷製本　中央精版印刷株式会社
 ISBN978-4-04-884580-9　C0092